KB103396

趙 泰 一 詩 集

가 거 도

창비

차   례

제 1 부

제 2 부

제 3 부

제 4 부

제 1 부

오 동 도

매서운 겨울 칼바람에
떨며 조바심하며
바다 가운데
동 동 동 떠 있는
한덩어리 마음들.

저 붉게 붉게 다투어 터지는
동백꽃망울로
뜨거운 소리 만들고
저 부끄럼 없이 하늘로 솟는
시누대로
화살을 만들자.

바다 위를 거닐며 혹은 나지막이 떠서
한패거리로 행렬 지으며
겨울 갈매기들이
꺼이꺼이 울부짖는 듯

알 만하여라.

겨울에 여기 찾아오는 사람들
참 착하고 예쁜 뜻
알 만하여라.

매서운 겨울 칼바람에
떨며 조바심하며
동백꽃망울로 터지는 뜻
알 만하여라.
화살로 나는 뜻
알 만하여라.

<月刊讀書·1975.5>

9

寓　　話

어느 날 어느 날일 것입니다.
한 사나흘 굶어도 배고프지 않고
한 사나흘 책 덮어도 모를 것 없을,
한 사나흘 화장 안해도 얼굴 환하고
한 사나흘 말 안해도 답답하지 않을,

어느 날 어느 날일 것입니다.
할아버지 할머니들은 청년으로 오고
소년 소녀들도 청년으로 달려가
한바탕 어우러질,

어느 날 그 어느 날
저마다 남들이던 시간들도
우리들 곁에 이웃으로 와서
제 살에 살에 불 지피고
우리들도 함께
제 살에 살에 불 지필 것입니다.

자유나 정의, 혹은 진리나 꿈,

이런 기막힌 관념들도 청년으로 피어서

제 살에 살에 불 지필,

어느 날 그 어느 날

이땅은 꽃밭으로 있을 것입니다.

<外大學報 · 1975. 10>

어 머 니

열일곱에 시집오셔
일곱 자식 뿌리시고
서른일곱에
남편 손수 흙에 묻으신 뒤,

스무 해 동안을
보따리 머리에 이시고
이남 땅 온 고을을
당신 손금인 양 뚝심으로 누비시고
훤히 익히시더니,

육십 고개 넘기시고도
일곱 자식 어찌 사나
옛 솜씨 아슬아슬 밝히시며
흩어진 자식 찾아
방방곡곡을 누비시는 분.

12

에미도 모르는 소리 끄적여서

어디다 쓰느냐 돈 나온다더냐

시 쓰는 것 겨우 겨우 꾸짖으시고,

돌아앉아 침침한 눈 비비시며

주름진 맨손바닥으로

손주놈의 코를 행행 훔쳐주시는 분.

<creation과 批評 · 1976. 봄>

통 곡

캄캄한 밤하늘
아래서
키 큰 전봇대는
몸을 숨기고
종일 울었다.

서울에서 부산까지
혹은 목포까지
이 시대를 달리면서
조심 조심 울었다.

들판을 달리다가
강을 뛰어넘다가
산등성이를 숨가삐 오르다가

하늘더러 하늘이라 말하고
바람더러 바람이라 말하고

겨울더러 겨울이라 말하고
울음더러 울음이라 말하고

차가운 하늘
아래서
키 큰 전봇대는 몸으로 울었다.
휘잉휘잉 이 겨울을 울었다.

<씨올의 소리 · 1976. 7>

내가 아는 詩人 한 사람

세상엔 벽에 걸 만한
상상의 그림이나 사진들도 흔하겠지만
내가 아는 시인의 방 벽에는
춘하추동, 흑백으로 그린
녹두장군 초상화만 덜렁 걸려 있다.

세계의 난다긴다하는
예술가며 정치가며 사상가며
지 할아버지며 할머니
지 아버지며 어머니,
병아리 같은
지 귀여운 새끼들 얼굴도 흔하겠지만,

내가 아는 시인의 방 벽에는
우리나라 있어온 지 제일로 정 많은 사내
녹두장군의 당당한 얼굴만
더위도 추위도 잊은 채 덜렁 걸려 있다.

손가락 꼬 헤아려보니 지금부터 80년 전,
농부로서 농부뿐만 아니라
나라와 백성에게 가장 충실해서
일어났다가 역적으로 몰려
전라도 피노리에서 붙들린 몸,
우리나라 관헌과 왜군들의 합작으로
이젠 서울로 끌려가는
들것 위의 녹두장군.

하늘을 향해 부끄럼 없이 틀어올린 상투며,
오른쪽 이마엔 별명보다 훨씬 큰 혹,
무명저고리에 단정히 맨 옷고름,
폭포처럼 몇 가닥 곧게 뻗은 수염,
천리길을 몸 묶인 채 흔들리며
매섭고 그러나 이젠 자유스런 눈빛으로
산천초목을 끌어안은 녹두장군.

처음에는 아이들도 무섭다고 무섭다고

에미의 품안을 파고들었다지만,

이젠 스스럼없이 친해져서

저 사람 우리 할아부지다

저 사람 우리 할아부지다

동네 꼬마들을 불러들여 자랑을 일삼는단다.

까짓 것 희미한 자기 혈육 따져 무엇한다더냐

그 녹두장군을 자기네 집 조상으로 삼는단다.

내가 잘 아는 시인 한 사람은.

<世界의文學 · 1976. 겨울>

대   낮

파란 하늘 아래
잠자리 날고

잠자리 날개 아래
파란 연못 잠들었다.

하늘 위에는 가끔
연못 잠잠거리고

연못 위에는 쉴새없이
잠자리 삼삼거리고

사나운 바람도
잠자리 날개에 잠들었다.

사나운 먹구름도
연못 속에 잠들었다.

<소년 · 1976. 4>

그림자 타령

세상에,
세상에,

내가 거느리는 그림자는
이 간밤에 잠만 자는지
영 보이지 않는다.

온 땅을 따라다니면서
그리도 울며불며 보채더니만
땅 속에 스며들었는지
누가 훔쳐버렸는지
온데 간데 없다.

소리의 그림자
그 팔팔하던 팔다리의 그림자
햇볕이 쨍쨍하던 날은
그리도 활달하던 그림자

날이 저물어 더 생각나는 그리움.

시인 金洙暎은
풀은 바람보다 먼저 일어나고
바람보다 먼저 눕는다고 노래했는데

우리들의 그림자는
햇볕보다 먼저 깨어나고
햇볕보다 먼저 잠자는지,
육체보다 먼저 일어나고
육체보다 먼저 쓰러지는지,

네 눈으로는 도무지 볼 수 없고
내 눈으로도 도무지 볼 수 없지.
세상에. 세상에.

<世界의 文學·1976. 겨울>

南陽灣의 별

마음들이 타고 마를 때
젖은 밤하늘 우러러
수많은 사람들은 모가지를 다투어 쳐들고

그 꿈마저 다하고 막힐 때
모가지들은 끊어지고 부서져서
젖은 밤하늘에 산산이 박힌다.

두고 온 야전의 밤하늘을 누비는
별똥빛보다도 더 바쁘고
두고 온 남산 하늘에 뜨는
불꽃보다도 더 뜨거운 별들.

긴급으로 태어나서
위태위태하게 살결 나누다가
위태위태하게 쓰러지는 몸을 이끌고
모래처럼 몰리고 쓸려서

남양만에 가득 모였다.

더 이상 울음으로 채울 수 없는
한국의 하늘은 천년이고 만년이고
저러한 마음들로 가득하여서

이젠 쏟아지누나
하늘도 무거운 마음
이젠 쏟아지누나

불도저도 가쁜 숨결
타고 마른 마음들을 왼종일 갈아엎는구나.

<月刊對話 · 1976. 12>

황 혼

해가 지려 하면 풀잎들은
유난히도 서겨인다.

차갑고 어두운 살결을 열어
친구야 우리 서로 몸을 비비자.

처녀 적 죄지은 우리들 누나의 얼굴보다도
훨씬 더 당황하고 훨씬 더 붉은
하늘 아래서
우리는 고달픈 몸을 혼든다.

어머니의 마음보다 더 강하게
아롱아롱 맺히는 눈물은

어둠이 입 벌려
삼켜버리지만
눈뜨고 보아라

24

순식간에 별이 되고
달덩어리로 걸리잖니.

친구여
서걱이는 풀잎과 함께 흔들려
눈뜨는 별이 되든지
달덩어리가 되든지 하자구!

<世代・1976. 3>

겨 울 소 식

광주를 온몸에 흠뻑 적셔
터벅터벅 그 친구는 서울엘 와서

늘 외롭고 힘없는 내 손을 쥐고
눈과 손으로 광주를 건네주지만

내 허전한 마음까지 건네면 쓰나
내 찌든 몸까지 건네면 쓰나

찬바람 속에서 광주는
큰 애를 뱄다더라.

찬눈에 덮여서도 무등산은
그렇게도 우람한 만삭이더라.

광주를 온몸에 적셔서
서울의 내 곁에 사알짝 놓아두고

26

터벅 터벅

서울을

떠나버리는 친구!

<月刊中央 · 1976. 3>

공 원

鐵柵으로 에워쳐진
겨울아침 공원은
찬 바람 말고는
다 얼어붙었다.
동네 아이들이 뿌렸던 조잘거림도
침략군처럼 와글와글 짓밟던 발자국도
후미진 구석으로 쓸렸거나
그냥 그 자리서 쩌렁쩌렁 얼어붙었다.

하늘에서는 그렇게들 까불며
신나게 내려오던 눈들도
한 몸, 두 몸, 세 몸,
하얀 침묵으로 엎드렸다.

덜미 잡히지 않은 휴지조각이 찬 바람에 쓸리며
겨우 파닥거리긴 해도
거기 버려진 사연들도 얼어붙었다.

28

공원곁을 바삐 지나는 내 발걸음도

자꾸만 후미진 곳으로 쏠리거나

그 자리에 그냥 얼어붙으려 한다 !

<創作과批評 · 1976. 봄>

빗 속 에 서

누워서 앉아서 기다리면 되나
서서 서성거려도 도무지 오지 않는
소식 만나고파서

머리 위에서 내려쏟고
발바닥 근처에서 치솟는
빗속을 허우적이며 뛰어갔으나

그 소식 영 들리지 않고
젖은 산들만
눈 속에 가득 고여

눈감은 채로 그 산들 훔쳐내며
혹은 밀어 앉히며
빗속을 처벅처벅 걸어갔으나

그 소식 영 들리지 않고

발 아래는 내 젖은 그림자 가득 안고서

강물만

강물만 출렁이네.

<創作과批評・1976. 봄>

파 도 처 럼

나아가다 밀리고 나아가다 부서질지라도
노래 위에서 함성 위에서 출렁이다가
벙어리로 벙어리로 그 자리에 주저앉아
누울지라도 누울지라도.

나아가다 불붙고 다시 나아가다 타오를지라도
모두 모두 나아가 한줌 재로 날리다
무덤 위에 무덤 위에 내려앉아
잠들지라도 잠들지라도.

그날의 무덤은 그날의 세상은
홀로 홀로 밝혀 파도치듯 파도치듯
살아날 것이로되 살아날 것이로되.

사월이여 들끓어다오
무덤이여 들끓어다오
다시 나아가다 무덤이 되고

다시 돌아오다 무덤이 되고
끝내 돌아와 고요한 무덤으로
누울지라도 누울지라도.

<週刊市民·1977.3.28>

진달래꽃 진달래꽃

어찌 된 일인지 사월이면 흔들린다.
한 편의 시를 향하여 몸부림쳐도
꼼짝 않던 그 상상력이란 놈도
흔들리고 흔들려 끝내 방도 흔들린다.

어찌 된 일인지 사월이면 흔들린다.
시를 쓰는 손도 펜도 흔들리고
사월 사월 사월 사월이라 불러보는
입술도 심장도 유난히 흔들린다.

신나는 일이다. 사월이면 흔들린다.
진달래꽃 진달래꽃 벙그는 바람에도
풀잎들 돌멩이들 덩달아 흔들리고
지쳐 누운 산천도 일어나 흔들린다.

죽을 때까지 안아도 싫증 안날 사월에
두 팔을 벌리면 한아름에 안기는

한라산 백두산인 것을

진달래꽃 진달래꽃 산천인 것을.

펜 닳도록 시 써도 한없을 사월인 것을.

하늘은 저리 막히고 무거워서

모가지를 모가지를 들 수가 없는가

사월 사월 사월 사월인 것을.

<嶺大新聞·1977. 4. 20>

아지랑이 사랑

그리워 그리워 봄언덕에 올라서
아지랑이랑 아지랑이랑 놀고 온 날 밤엔
임의 임의 순결인가 임의 임의 눈빛인가.

아지랑이들 아지랑이들 방까지 따라와
어른대며 감기며 혹은 보채며
벌거벗은 몸살로 잠 못 이루게 노니네.

<샘터 · 1977.5>

불타는 마음들

울안의 타는 마음들 끌어내어
비를 맞고 비를 맞고

비에 젖은 마음들 뒤집어
햇빛을 받고 햇빛을 받고

햇빛에 그을린 마음들 반짝여
햇빛에 길들이고 햇빛에 길들이고

햇빛에 길들인 마음들 모아
들판에 세우자. 들판에 세우자.

누가 뭐래도
우리들 마음들을, 불타는 마음들을.

<月刊中央·1977.2>

제 2 부

겨 울 새

하늘을 날아가던 새떼들
푸른 자리에 박혀버렸다.

눈보라 속을
그 작은 눈으로 껌벅거리며

매운 눈물 흘리며
거기까지 날아갔으나
눈물까지 얼어붙어서
앞을 볼 수가 없단다.

어수선한 하늘을
그 작은 날갯짓으로 파닥거리며
가슴 두근거리며
날으고 날으고 날아갔으나
솜털까지 얼어붙어서
이젠 더 날아갈 수가 없단다.

겨울 밤하늘의 별들이여
그렇게도 목메이게
띄워 울렸던 만세소리여.

쏟아지려무나
우박이라도
새떼라도 좋다
쏟아지려무나.

<世界의 文學・1977. 겨울>

친 구 에 게

내가 맡기고 온 고향
니가 잘 보살피고 있겠지.

나의 허물까지를 약점까지를
니 수염 쓰다듬듯이
그렇게 잘 쓰다듬고 있겠지.

뙤약볕에 그을릴 대로 그을린
광주천의 돌멩이들도
그 자리 놓인 대로 꼼짝거리고 있겠지.

친구야
겨울이지만 지금 내 가슴 더워서
이 펜도 더워서 들끓구나.

친구야
이 추운 겨울을 탈없이 넘기는 일은

쉬지 않고 늘 꼼짝거리는 일.
깨문 입술이라도 달싹거리는 일.

친구야
나와 니가 고향을 지키는 일은
이렇게 더운 몸으로
꼼짝거리는 일.

<世界의文學·1977. 겨울>

어느 마을

사람들이 어디론가
다 떠나버린 마을.

꼬리 내린 늙은 삽쌀이 한 마리
아직도 할퀼 일이 남았는지
어슬렁어슬렁.

돌아와 보니
정든 얼굴 하나 없이 텅 빈 마당.

눈병 든 쥐새끼 한 마리
고양이 없는 곳에 왕이 되고픈지
어슬렁어슬렁.

이파리도 다 떨어졌는데
바람은 아직도 불어올 것인가
내 몸 홀로 세워

사시나무 떨 듯 미리 떨어본다.

아직도 떨 일이 남았구료.

인정들은 가고
또 무슨 폭풍이 남아서
이렇게 떨고만 있어야 하느냐.

마을이여
사람들이여
이렇게 저렇게
떨고만 있어야 하느냐.

<世界의 文學 · 1977. 겨울>

뿌 리 꽃

뿌리들 솟구쳐
하늘 가득히
뿌리꽃으로 피누나.

꺼지던 사랑들 거듭 일어나
어김없이 쉴새없이
그리움으로 피누나.

여울지는 냇가로 가서
죄지은 얼굴들 씻어 보내고
얼굴을 들어 사랑을 들어

친구야
저 몰아치는 꽃보라 속에
꼿꼿하게 서서 외칠 일이다.

펜 대신 성난 거친 숨결로

영원에 기대어 쓰러질 때까지

아낌없이 거침없이

뿌리를 들어

우리들 하늘 가득

뿌리꽃을 피울 일이다.

<교육춘추·1977.9>

元達里*의 아버지

모든 소리들 죽은 듯 잠든
전남 곡성군 죽곡면 원달 1리

九山의 하나인 桐裡山 속
泰安寺의 중으로
서른다섯 나이에 열일곱 나이 처녀를 얻어

깊은 산골의 바람이나 구름
멧돼지나 노루 사슴 곰 따위
혹은 호랑이 이리 날짐승들과 함께
오손도손 놀며 살아라고
칠남매를 낳으시고

난세를 느꼈는지
산 넘고 물 건너 마을 돌며
젊은이들 모아 夜學하시느라
처자식을 돌보지 않고

여순사건 때는
죽을 고비 수십 번 넘기시더니
땅뙈기 세간살이 고스란히 놓아둔 채
처자식 주렁주렁 달고
새벽에 고향을 버리시던 아버지.

삼십년을 떠돌다
고향 찾아드니 아버지 모습이며 음성
동리산에 가득한 듯하나

눈에 들어오는 것
폐허뿐이네 적막뿐이네.

<創作과批評 · 1978. 겨울>

* 이곳에 桐裡山이 있고 泰安寺가 있는데 필자가 태어난 곳이다.

친 구 들

긴긴 해를 산짐승 날짐승이랑 함께
가파른 산을 뛰어오르며
가시덤불에 살이 찢겨 흐르는
피를 문질러가며,

산열매로 가득 배를 채우고
찔레꽃 개나리꽃으로 입술 물들이며
짐승들보다 더 빠르게
신나게 뛰던 친구들.

외지 포수의 사냥길 따라나서
포수의 화살에 맞아
영영 돌아오지 않던 친구를 원통해 하다가

밤나무그루 돌로 치고 쳐서
쏟아지는 알밤을 소나기 맞듯 맞으며
짜릿한 아픔을 함께 하던 친구들.

50

어둠 속에서 두근거리는 가슴 조이며
한밤내 대창 부딪는 소리 들으며
친구들 생각에 밤잠을 설치고,

서로 무사했는지 새벽에 일어나
고함 지르며 골목골목을 뛰며
아침 안부를 나누던 친구들.

그 모습만 모습만
둥리산 기슭에 가득 고였다.

<創作과批評 · 1978. 겨울>

同 行

삼십년을 떠돌다가
광주에 들러
친구 錫武를 차고
고향 찾아가는 길.

가다 가다 더위에 지치고
몰아치는 어린 시절이 숨가빠서
옷 벗어 바위에 던지고
동리천*에 뛰어들어
금새 얼어붙는 성년을 덜덜 떨며
머리 위로 구름 스치는 소리
물고기 맨살 간지르는 소리 듣는다.

침묵으로 고향길 밟는 발바닥,
어렸을 적 내 발가락 부딪쳐 피내던
돌부리 하나하나 떠올리며
대창 부딪치는 소리 꽂히는 소리

쓰러지는 비명소리 들으며

착한 짐승 거느리듯
친구 석무를 뒤에 거느리고
어른을 버리고,
아장걸음으로 고향길 걷는다.

                                    〈創作과批評 · 1978. 겨울〉

* 전남 곡성군 죽곡면 원달리의 桐裡山 泰安寺 가는 길 옆으로 흐
  르는 계곡임.

깃   발

휘저어라는 팔다리로
지금껏 돌아누운 내 땅을 휘저었지만
눈으로 산천을 돌아보았지만

천길 물속같이 고요한 땅
내 마음 불이 되어
홀로이 타오르나.

소리없이 물은 흐르고
구름도 예대로 머리 위를 맴돌지만
소리없이 바람도 오가지만

서로들 분한 마음이라서
쉴새없이 닫히고 꺾인 소리라서
원통하고 한스러운가.

김밥 사려, 도토리묵 사려,

얼어붙은 골목의 어둠을
소리로 깨우지만

내 펜은 아직도 잠든 채
미친 듯이 나부끼지 못하나.
내 몸은 나부끼지 못하나.

새 움이여 새 움이여.
솟아나는 대로 내 대신
나부껴다오.

〈뿌리깊은 나무·1978.1〉

눈 보 라

'아이고 추워라'고 소리만 내도
금새 깨어져 무너져버릴 듯
쩡쩡 얼어붙은 겨울날,
무슨 재주로 눈보라는
저렇게 부드러이 이 천지에 붐비나.

헐벗은 나뭇가지에도 돌멩이에도
살얼음 깔린 시냇가에도
한 맺히며 얼어붙은 내 가슴에도
당당히 붐비는 저 영혼들.

눈감거나 뜬 사람들 앞에서도
귀 닫거나 뚫린 사람들 앞에서도
입 다물거나 열린 사람들 앞에서도
거침없이 붐비는 저 소리들.

우리들 재주로는

모두들 환장할 수밖에 없다.
대문을 열고 방문을 열어
아니다 아니다 마음까지를 모두 모여
환장하면서 섞여 붐빌 수밖에 없다.

영혼도 움직이는 영혼이라야 영혼이고
움직임도 움직이는 것이라야 움직임이니까.

<한국일보·1978>

꽃 나 무 들

헐벗을 날이 오리라
바람부는 날이 오리라
그리하여 잠시 침묵할 날이 오리라.

겨우내
떨리는 몸 웅크리며
치렁치렁한 머리칼도 잘리고
얼어붙은 하늘 향해
볼 낯이 없어, 피할 길이 없어
말없이 그저 꼿꼿이 서서
떨며 흔들리리라.

푸름을 푸름을 모조리 들이마시며
터지는 여름을 향해
우람한 꽃망울을 준비하리라.

너희들은 아버지를 아버지라 부르고

너희들은 어머니를 어머니라 부르고
너희들은 형님을 형님이라 부르고
너희들은 누나를 누나라 부르고
동생을 동생이라고 처음 부르던
이땅을 부둥켜안고,

결코 이 겨울을 피하지 않으리라
결코 이땅을 피하지 않으리라.
이곳 말고 갈 수 있는 땅이
어디 있다더냐.

헐벗을 날이 오더라도
떨 날이 오더라도
침묵할 날이 오더라도.

〈世界의文學・1979. 가을〉

이웃의 잠을 위하여

내 이웃의 잠을 위하여
내 가족의 편한 꿈을 위하여
하늘까지 솟아버릴까.
목청에 겨워서 솟아버릴까.
사십평생을 피맺힌 목소리로 지워버릴까.

하루 종일 나를 지배했던
더러운 더러운 몸뚱아리를 이끌고
옥상에 올라서
달과 별들을 쳐다본다.

어둠 속에서만 빛나고
술 취한 자의 머리 위에서
더욱 빤짝거리는 빛덩어리들을 바라보며
두 다리를 동동거린다.
온몸을 떨어본다.
목쉰 소리로 불러본다.

내 어렸을 적의 전쟁놀음,
장난감 총을 들고 병졸들을 이끌어
냇가를 건너 들판을 가로질러
가상의 적지인 부락을 점령하고
지붕에 올라 점령당한 부락을 보았지.
하늘을 보고
병졸들의 함성을 들었지.
그리고 신나 하는 얼굴들을 보았지.

나는 옥상에 올라
사십평생의 말 다 뱉아버리고
하늘로 솟아
오천만 개의 손을 잡으리라.
오천만 개의 가슴과 만나리라.
기막혀하는 이웃의 잠을 위하여
슬퍼하는 가족의 꿈을 위하여.

<世界의文學·1979. 가을>

꽃 앞에서

저 향기, 저 향기!
코를 다시
코이게 하는.

저 무데기의 모습, 저 모습들!
눈을 다시
눈이게 하는.

저 아우성, 저 아우성!
입을 다시
입이게 하는.

저 소리없는 어울림, 저 어울림!
사람을 다시
사람이게 하는.

저것들 앞에서!

62

모두 꽃이 되어
시인은 비틀비틀 !
산천은 어질어질 !

<世界의文學 · 1979. 가을>

소나기의 울음

나의 울음은 언제나 홀로였다.
군중들의 틈에 끼어서도
눈은 늘 젖어 있었고
목이 타서
홀로 가쁜 숨을 몰아쉬며
가슴에 핑그르르 떨어져
조용히 고이는 눈물을
보는 것이었다.
타는 목구멍 속을 꺼이꺼이 울며
기어오르는 눈물을
보는 것이었다.
나의 울음은 그렇게
늘 홀로였다.

너희의 울음은 언제나 여럿이었다.
끼리끼리 어울려 늘 함께
울부짖는 폭포였다.

뙤약볕을 헤치고 내리달려오는
쏜살, 쏜살, 쏜살이었다.
땅덩어리 위의 온갖 명령들을
고개 숙이게 하는 구원이었다.

홀로 명령하고 홀로 울부짖으며
홀로 고민하는
나의 울음을
일거에 덮어 누르는 바위였다.

푸석푸석 일어나는
먼지 하나 하나에도
내리꽂는 바위의 울음이었다.

<世界의文學 · 1979. 가을>

내 말의 행방

나를 떠난 말들은
지금 어디에서 떠도는가. 헤매는가.
슬픔과 노여움과 기쁨과 사랑으로
범벅이 된 채 제대로 앞도 못보며
생이별로 떠나던 말들은 지금
어디에서 누구와 만나고 있는가.

폭풍과 만나고 있는가.
굶주림과 만나고 있는가.
해방과 노예와 만나고 있는가.
내 안에서 그토록 자유로왔던 외침이던 것이.

어린이를 만나면 어린이가 되고
어른을 만나면 어른이 되고
폭풍과 만나면 폭풍이 되지만
어둠을 만나면 다투어 빛이 되던 영혼이던 것이.

너는 다시 돌아와

내 가슴과 만나 울멍울멍하며

이렇게 보채는가.

이토록 흐리고 어두운 날에.

<韓國文學·1979.11>

답   장

어느 소설 지망생에게

국문과 출신답게 국어선생답게
한 획도 틀림없이 정결하지만
정이 가지 않는 간판글씨 같은 편지,
서울에서 잘 받았네.

십수년 만의 만남이고
십수년 전의 글씨 그대로인데
웬일인가. 정이 안가니,
서울과 대구 사이에 무슨 살이라도 끼었단 말인가.

못생겼지만 마음씨 하나 고운 여자를 챙겨
아들로만 줄줄이 셋을 두었다는데,
에끼 이 사람아,
마음씨 곱고 아들놈이든 딸년이든
셋을 낳았으면 그 아니 미인인가.

요즘은 소설도 안 써지고 해서

오십이나 넘으면 큰 것 하나 쓰겠다고 했는데,
아니 오십에도 안 써지면 아들놈에게
소설 쓰는 대업을 맡기겠다고 했는데,
뜻은 좋네만
에끼 이 사람아,
뜻 하나로 소설을 쓴다면 이 세상
뜻 안 가진 놈 어디 있어?
세상천지 소설가뿐이게?

요즘 소설은 너무 벗긴다고
그만큼 벗겼으면 그만 벗기라고
자네의 편지는 노발대발이지만
에끼 이 사람아,
그런 것까지 신경을 너무 쓰면

자신만 말라빠진다네.
소설의 초보적 단계로 손쉬운 여자를

택한 것 아니겠는가.

아무렴 부끄러움은 가릴수록 감출수록
더 진실하고 아름답다는 것을
그들인들 왜 모르겠는가.
분명한 것은 그들 딸년이나 여편네만큼은
그렇게 무책임하게 벗는 것을
절대로 절대로 용서치 않을 걸세.

어이 친구야.
그런 걱정보다는 서울과 대구 사이에
막힌 그 무엇이 있으면
그것이나 트세.

<韓國文學·1979.11>

새벽에 일어나기

우리들이 아는 사람들은 모두
황혼에 쓰러져서 새벽에 일어난다.
황혼과 새벽 사이의 긴긴 밤물결에 떠서

노를 저어라. 저어라 노를.
어둠을 사루어서 새벽을 만들자.

우리들이 아는 사람들은 모두
새벽에 일어나서 황혼에 쓰러진다.
새벽과 황혼 사이의 신나는 빛물결에 떠서
노를 저어라. 저어라 노를.
태양을 사루어서
더 큰 태양을 만들자.

<韓國文學·1979.11>

제 3 부

詩를 생각하며

도무지 시를 생각할 수 없도록
바삐 돌아가는 세상 속에서
눈을 감고 두근거리는 가슴 열어
이렇게 중얼거려 본다.

도대체 시가 무엇이길래
남들이 그렇게 소중히하는
가정까지를 버리는가.
도대체 시가 무엇이길래
질서를 버리는가.

도무지 시를 사랑할 힘마저 빠져
지쳐 늘어지고 싶은 날엔
살을 꼬집어 아파아파하며
이렇게 중얼거려 본다.

도대체 시가 무엇이길래

육신과 영혼을 이끌고 지옥까지 들어가는가.
도대체 시가 무엇이길래
나라 앞에서 초개처럼
하나뿐인 목숨까지 열어 놓고 바치는가.

시를 안 쓰고는 못 배길 그런 날은
오랫동안 버렸던 펜을 들기 전에
이렇게 중얼거려 본다.

도대체 시가 무엇이길래
목숨 걸고 자기를 주장하는가
속으로 차오르는 말을 풀어 놓는가

시보다 더 자유로운 세계를 찾아서
나는 시를 썼던가. 쓸 것인가.

<韓國文學·1979.11>

가을 속에서

자꾸만 가까이 다가오는 너의 앞
나는 황홀 속에서 방황하면서
으흠 으흠 신음을 한다.

그러니 가을 !
나를 구해다오.
내 몸 속으로 스며들어
타오르는 불꽃으로
활활활 소리지르면서

함께 밑불로 쓰러져 퍼지든지
함께 땅밑으로 기어다니든지 하면서
당당히 공개되는 말을 은밀히 만들어
말꽃을 피우면서

너와 나 그렇게
가을 아지랑이를 만들면서

하늘로 솟아 아스라이 아른거리자.

다시 돌아오는 날까지

이 지상을 떠나서.

<韓國文學・1979.11>

깨 알 들

응달진 미곡상회의
가장 구석진 자리로 밀리고 밀려
무슨 사연들로 저리 웅성이는가.

버려지 같은 것 버려지 같은 것들이
제 세상 만난 듯 슬슬 치며 기어다녀도
꼼짝 않고 물러앉아 곱디곱게
길을 내주며,

눈보라치는 날이든
장마가 끊이지 않는 날이든
작은 몸들을 서로 부둥켜안고
지는 해 뜨는 달
가슴으로 받아 반짝이며

무슨 소문은 없나
꿈이라도 좋겠네

빨리 팔려가고파서

눈들을 굴리며

지나는 행인 쳐다보며

목을 빼네

그리워서.

그리워서.

＜創作과批評·1980.봄＞

봄 소 문

소문은 봄이라 들리지만
틀릴 때도 있단다,
아직은 봄이 아니다.

잘못 알고
싸립문 빵긋 열고 나온
어린것들아.

아직도
바람끝이
차고 매섭구나.

피려는
꽃봉오리도
다시 오므라들지 않느냐.

폭풍한설 몰아치면

오기는 꼭 오는
봄이란다.

들어가서 안 나오진 말고
옷을 더 껴입고 나오려무나
어린것들아.

<創作과批評・1980.봄>

바   위

이미 세상 떠난 사람들의
끝 모르게 적막한 마음씨와 함께
깊은 땅 깊숙이 몸 숨겨놓고
한 일천분의 일쯤 솟아 앉아

침묵 말고
차라리 울음이라도 달라!

사람 허물 꾸짖어
홀로 우는 짐승.

바람소리 낭랑히 맴돌고
날짐승 울음 와서 머물어도
상여길 앞서가는 요령소리로 알고
지나가는 구름 잡아
서둘러 흰 壽衣로 걸쳐 입고서

침묵 말고
차라리 울음이라도 달라

천근 만근의 무게로
홀로 우는 침묵!

<창作과 批評·1980.봄>

詩人의 방랑

내 발바닥에 불이 붙었다.
발바람이 있어 잘 탄다.

내가 찾는 땅을 어서 찾아가서
무릎 꿇고 긴긴 입맞춤을 하리.

'구름에 달 가듯이' 갈 수 없어서
혼비백산하듯, 번개불에 콩볶듯
우당탕 뛰며 달린다.

내 발바닥에 불이 붙었다.
신난다. 신난다.

제군,
폭탄 떨어지고 빗발치는 탄환 속에서
'구름에 달 가듯이' 가보아라.
어정어정할 때가 따로 있지.

뛰다 뛰다 지치면
휴식이란 것이 있지.

폭탄 떨어진 자리에
웅크리고 앉아 가쁜 숨 몰아쉬며
두고 온 가족이며
내팽개친 책들을 생각하다가

포성이 울리면 울리는 쪽으로
또 뛰고 또 뛴다.

벌떼처럼 몰린 친구들을 만나
가쁜 입술로 긴긴 입맞춤을 하리.

내 발바닥에 불이 붙었다.
물을 피해 잘도 뛴다.
잘 탄다, 신난다.

<創作과批評 · 1980. 봄>

불의 노래

느닷없는 경우를 당하긴 하지만
그 느닷없음이 결코
진리까지는 이르지 않는다.

불은 뜨거워야 하고
빛이 있어 주위를 환히 밝혀야만
우리들과 조건없이 만난다.

오직 공포만을 주고
소름끼치게 하는 느닷없는 환상이
불이 아니고 낮도깨비 불이듯

뜨거움이 아닌 것은
빛이 아닌 것은
불이 아니다. 불이 아니다.

오직 속 깊이 타는 불꽃을 품고

캄캄한 산길을 올라본 사람이면 알리라.
그 길이 결코 어두운 길이 아님을.

밤이슬도 덩달아 반짝이는 빛이 되고
발끝에 채이는 어느 돌멩이 하나라도
불덩이 아닌 것이 없어
발걸음이 그리 신나 있던 것을.

그 자리에 그만 쓰러져도
그 자리가 바로 정상이고
그 모습이 바로
불덩이던 것을

<女苑·1980.6>

原州의 달

치악산의 뱀들
또아리를 틀고
머리를 쳐들었다.

온종일 울부짖던 짐승들의 숨소리,
밤바람에 떨며
나뭇잎들을 어루만진다.

달은 떠서
우리들 마음도 떠서

아직껏 돌아오지 못하는 사연을
비추누나.

보고 싶은 얼굴들 일어나서
달빛 타고 오르누나

억울해서 정다운 이끼리
울타리를 치고 둘러앉아
여기저기 옮기며

마셔도 취해도 목은 말라
뜨거움에 씻긴 맑은 마음이로다.

치악산에 걸린 달아
원주에 가득 찬 달아
서대문에 뜨는 달아

<文藝中央・1980. 여름>

친 구 야

친구야,
폭우가 쏟아진다.
폭우 속으로 가자.

친구야,
폭설이 내린다.
폭설 속으로 가자.

친구야,
달이 뜬다.
달빛 속으로 가자.

친구야,
해가 뜬다.
햇빛 속으로 가자.

친구야,

산천이 퍼덕인다.

산천으로 스며들자.

<詩文學 · 1980. 3>

다시 펜을 든다

다시 펜을 든다.
항상 들고 번쩍였으나
우리들은 슬프게도
끝내 보지 못했던
우리들의 펜을 다시 든다.

다시 심장을 일으킨다.
천지간에 두루 뛰었으나
우리들은 슬프게도
끝내 듣지 못했던
우리들의 심장을 다시 일으킨다.

다시 사랑을 말한다.
이 넉넉한 마음과 튼튼한 육체에서
끊임없이 솟아 넘쳤으나
우리들은 슬프게도 마음이 죽어
끝내 거절했던

우리들의 사랑을 말한다.

다시
너는 번쩍이는 펜이 되고
너는 뜨거운 심장이 되고
다시
너는 폭포의 사랑이 되고
너는 쉴새없는 시가 되어라.

<詩文學 · 1980. 3>

소리들 분노한다

소리들 분노한다.
겨울 되니
부산했던 깃발 모두 내려지고
펄럭이던 그 소리만
세상에 가득 떠돌며 분노한다.

눈보라치는 가세로
매서운 폭풍으로
헐벗은 나뭇가지를 맴돌다가
푸른 하늘이 그리워 치솟았다가
보드라운 눈송이로 내려와
나뭇가지 위에
休戰처럼
무덤처럼 앉는다.

앉아서 침묵으로 침묵을 듣는다.
소리로 소리를 듣는다.

홀로 떨고 있는
나뭇가지를 어루만지며
안에서 물오르는 소리
나부끼는 깃발소리 듣는다.

우리들 내부 가득 끓어오르는
사랑의 소리들
그 소리를 분노하며 듣는다.

<실천문학 1권 · 1980>

죽   음

시 쓰는 사람이 죽음을 생각하는 것은
감상일 수도 있다.
시 쓰는 사람이 삶을 생각하는 것은
언어도단일 수도 있다.

시인도 한 번 살고 한 번 죽는다.
죽음을 두려워하면
산다고 하지만 살아서
두 번이고 세 번이고 죽는다.

딱 한 번 죽음이라야
그것이 삶이다.

죽음을 피하던 장사 어디 있던가.
책임 있는 죽음이든
책임 없는 죽음이든
죽는 죽음을 누가 말려서

살아나는 죽음을 우리는 보았던가.

나 한 사람의 죽음은
수천 사람의 소생일 수도 있거늘
나 한 사람의 삶은 너무 넓게 차지해서
수천 사람이 비좁아할 수 있거늘.

지금은 감상이든 언어도단이든
죽음을 한번쯤 생각해볼 때,
겨울이 더 깊이 오기 전에.

<실천문학 1권 · 1980>

봄볕 속의 길

구겨진 마음들을
어서 어서 펴서
아른아른한 아지랑이
부드럽게 춤추며
봄볕 속의 길로 나서자.

착하고 격렬했던 뜻들을
서로 나누어 가지며
너와 나의 길
가릴 것 없이
우리들의 길로 한데 합쳐서

손에 손에 자식들을 이끌어
한형제로
앞서가며 뒤서가며
마음을 활짝 열어
깨어나는 생명들의 소리를 듣자.

파고다공원에 내리는 봄볕도

수유리 4·19 기념탑에 내리는 봄볕도

한데 어우러져

춤을 추나니,

춤을 추나니.

＜京鄕新聞·1980.4＞

제 4 부

그 리 움

친구야
달을 쳐다보렴, 저 달을 쳐다보렴.

긴긴 날을 두고 쏟았던 열정들이
끝내는 그리움이 되어
밤하늘을 가득히 차오르누나.

떠돌이 영혼도 붙들어주고
잃었던 사랑도 하늘 끝까지 세우려는가.
혼들혼들 차오르누나.

마음결 서로 곱게 쓰다듬으면
잡초처럼 누웠다가
잔잔한 바람결에도
무슨 기별이나 안 묻어오나
애틋한 마음 혼들며 일어나
우리는 속으로 조용히 울다가

끝내는 폭포처럼,
폭포처럼 울지 않았던가.

친구야.
달을 쳐다보렴, 저 달을 쳐다보렴.
이제 그리움은 한데 엉켜
가을밤 크고 작은 산 위에
둥둥둥 떠오르누나.

그 기별이 쏟아지누나,
찬란한 그리움으로.

<미발표 · 1979>

돌멩이들의 꿈

사월은 돌멩이들도 가슴을 펴
빛을 있는 대로 한껏 쏟아내지.

하늘을 날고 싶거나
아니면 그냥 아무것에나 부딪고 싶은 뜻일거야.

빛 바랜 돌멩이든
맵씨 있는 돌멩이든
한번쯤 마음 설레이나니,

평생 드러누운 흙이건
평생 잠잘 날 없는 바람이건
한번쯤 눈을 뜨나니,

슬픔 너머 내일 보이네,
죽음 너머 자유 보이네.

멈추었던 하늘도 바람도
쑥냄새, 진달래 향기 자욱한 땅도

덩실덩실 춤을 추나니
내 것일세
내 것일세.

<미발표·1979>

얼   굴

저녁놀 뉘엿뉘엿
담벼락에 어른대고.

누가 누가 쓸어갔나
와자지껄 소리, 소리.

발걸음도 무겁게 흥이 없는 귀가길
이리 밀려 저리 밀린 신문지에 찍힌 모습.

지루하게 낯익은 얼굴인데
때가 끼어 처량하네.

가는 손님 놓아주고
오는 손님 반기는 골목.

<미발표 · 1979>

106

바   람

바람 같은 칼끝.
바람 같은 창끝.

머리 위로 날아 볼 때
몸을 낮추고.

발밑으로 기며 볼 때
두 발 들어올리고,

책 갈피를 핥을 때
덮어버리고,

베갯머리 스칠 때
이불 속으로,

용용 죽겠지
용용 죽겠지.

<미발표·1980>

짱 구 타 령

어느 고전음악보다도 가곡보다도 가요보다도
어느 사설보다도 지식 폼내는 논문보다도
어느 소설보다도 민요보다도 현대시보다도
더 신나는 노래 한마디 들어보소.

박태순이 십팔번 박자 무시하고 음성 깔아뭉개며
비유하며 은유하며 상징하며 상상하며
간결하게 쿵쿵쿵 들려온다, 들어보소.

짱구 할아버지 짱구, 짱구 손자 짱구,
짱구 아버지 짱구, 짱구 아들 짱구,
짱구 형님 짱구, 짱구 동생 짱구,

흉내낸 내 소리 한번 들어주소.

짱구 위에 짱구 짱구 밑에 짱구
짱구 앞에 짱구 짱구 위에 짱구

짱구 왼쪽 짱구, 짱구 오른쪽 짱구,

짱구 노래 짱구, 짱구 사설 짱구,
짱구 지식 짱구, 짱구 소설 짱구
짱구 시 짱구, 짱구 마당 짱구,

짱구 짱구 짱구 ! 짱구 짱구 짱구 !

<미발표 · 1982>

농　부

털털털 탈탈탈
깨진 경운기 소리 몰고
그 사람 정 많은 곡성사람,
허름한 양복에 구겨진 벽타이
아무렇게나 목에 걸치고서,

시골서 고생 고생 자란 딸
낯설고 무서운 서울로 시집보내러
허둥지둥 서울엘 왔다.

농사철이라 바쁘실 텐데요?
그냥 저냥 늘어 놓고 와부렀오.
딸 여우시려면 걱정되시겠네요?
맨몸뚱아리로 해치워버릴라요.
올 농사는 풍년이라던데요?
풍년은 풍년인디, 이것 저것 떼면 없을 것 같소.

비료값, 농약값, 협동조합 빚
그 사람 등뒤에서 촐랑거린다.
소나무 등걸 같은 손을 포개며
갑자기 왜소해진 곡성 태생 서울놈.

<미발표 · 1982>

눈   꽃

슬픔 슬픔
너의 슬픔
차마 슬픔이라 말 않겠네.

예까지 밀려 떠돌며
가까스로 피어오른 뜻.

밤새도록 울며 쌓여
기어이 황홀한 모습 드러냈고,

밤 풍경
밤 사연
한 올 한 올 짜내어서

바람불면 무너진다
슬픔으로 쌓은 공

놓칠세라

꼬옥꼬옥

끼리끼리 얼싸안네.

<미발표 · 1983>

可 居 島*

너무 멀고 험해서
오히려 바다같지 않는
거기
있는지조차
없는지조차 모르던 섬.

쓸 만한 인물들을 역정내며
유배 보내기 즐겼던 그때 높으신 분들도
이곳까지는
차마 생각 못했던,

그러나 우리 한민족 무지렁이들은
가고, 보이니까 가고, 보이니까 또 가서
마침내 살 만한 곳이라고
파도로 성 쌓아
대대로 지켜오며

후박나무 그늘 아래서
하느님 부처님 공자님
당할아버지까지 한 식구로 한데 어우러져
보라는 듯이 살아오는 땅.

비바람 불면 자고
비바람 자면 일어나
파도 밀치며
바다 밀치며
한스런 노랫가락 부른다.

산아 산아 회통산아
눈이 오면 백두산아
비가 오면 장내산아

바람불면 회통산아
천산 하산 넘어가면

부모형제 보련마는
원수로다 원수로다
산과 날과 원수로다*

낯선 사람 찾아오면 죄 많은 사람 찾아오면
태풍 세실을 불러다가
겁도 주고 달래보고 묶어보고 풀어주는
바람 바람 바람섬,
파도 파도 파도섬.

길가는 나그네여 !
사월혁명의 선봉이 되어
반민주 반독재와 불의에 항거하여
싸우다가 십구일 밤 무참히 떨어진
십구세의 대한의 꽃봉오리가 여기
누워 있다고 전해다오*

자식 길러 가르치고

배운 자식 뭍으로 보내

나라 걱정, 나라 위해

목숨도 걸 줄 아는

멋있는 사람들이 사는

살 만한 땅.

<미발표 • 1983>

* 전남 신안군 흑산면에 있는 우리나라 최서남단의 섬. 흔히 소
흑산도라 하지만 이는 일제시에 일본인이 붙인 이름으로 행정상
의 지명도 가거도임. 현지 주민들도 꼭 가거도라고 부르며 소흑
산도란 말을 쓰면 싫어함.

* 가거도 주민들이 그곳 전설을 민요화해서 부르는 노래.

* 이곳 출신으로 서울로 유학, 서라벌예술고등학교에 재학중이
던 金富連군이 4 • 19혁명에 가담하여 산화했는데, 그 기념비가
이 가거도에 세워져 있음.

1980년대의 마음들

비록 우리의 마음은
스스로 빛나보지 못했지만
그렇게 스스로 길들여왔지만
1980년대엔
우리의 마음을 갖자.

열려 있는 마음은
늘 새로운 마음을 낳고
열려 있는 마음은
늘 다른 마음을 용서하며
함께 펴 나아가나니.

닫혀 있는 마음은
늘 다른 마음을 가두고
닫혀 있는 마음은
늘 다른 마음을 멀리하며
홀로 죽나니.

열려 있는 마음은
늘 풍요로운 것으로 가득하여
맑고 밝게 멀리 비치나니

닫혀 있는 마음은
늘 없는 것으로 가득하여
탐욕으로 마음을 세우고 닦는다 해도
늘 남의 빛으로 밝히려 해도
늘 캄캄하나니

1980년대는 우리 모두
마음을 열자.
길들여진 마음을 버리고
비록 가난하지만
우리 모두의 마음을 열어
정겹게 타오르자.

<미발표·1980>

펜 한 자루로

대학주보 紙齡 600號에 붙여

조용히 내딛던 한 발자국
물러서지 않고 오직 내딛던 한 발자국
겹치고 쌓여서 마침내
길이 되었네.

길 위에 길이 포개지고
길 앞에 길이 열려

길은 길더러 따라오라 부르고
길은 따르마고 그 길을 따르네.

지쳐서 혹은 쓰러지고
거듭 일어나는 자의 눈빛은
영원을 비추는 빛이 되었네.

빛 옆에 다투어 빛이 모이고
빛 앞에 다투어 빛이 비쳐

빛은 빛더러 따라오라 부르고
빛은 따르마고 그 빛을 따르네.

바른 몸가짐으로
바르게 긋는 한 획,
바른 양심으로
바르게 완성하는 한 자,

한 자 한 자가 모여
강물처럼 문장은 출렁이네,

펜 한 자루는 말한다!
배우는 곳에 민주화를
생각하는 마음에 민주화를
삶의 현장에 민주화를.

펜 한 자루는 이룩한다!

배우는 곳에 민주화를
생각하는 마음에 민주화를
삶의 현장에 민주화를,

펜 한 자루는 이룩한다 !
민주화로 활력 있는 학문을
민주화로 풍요한 문화를
민주화로 부끄럼 없는 삶을.

펜 한 자루는 도달한다 !
시대와 함께 구겨진 휴지조각을 거쳐
비어 있는 가슴들을 들쑤시며

세계의 목소리에게로
세계의 양심에게로.

그러므로 우리들은

한 자루의 펜이 되리라
한 발자국 한 발자국 내디디며
한아름의 빛으로 터지리라.

시대의 가슴이여 그 아픔이여
울부짖는 펜이 되리라.
들끓는 가슴이여 그 뜨거움이여
울부짖는 빛이 되리라.

<대학주보 · 1977. 4. 18>

靑坡여 더 푸르러라
숙대신보 창간 27주년에

靑坡여,
북적북적 왁작왁작 왁자지껄
눈이 시리도록

청파여
가슴이 시리도록
더 푸르러라 더 푸르러라
청파 언론이여.

푸르지 않는 나무 꽃도 못 피우나니
푸르지 않는 이파리
때가 되어도 단풍물 못 들이나니
청파여
북적북적 왁작왁작 왁자지껄
더 푸르러라 더 푸르러라
청파 언론이여 청파 가시내들이여.

왜, 우리들은 매일 푸른 언덕을
고동치는 가슴을 부비며
환한 꽃봉오리로 피어오르는가.

왜, 우리들은 매일 책장을 넘기는가.
왜, 우리들은 연필로 혹은 볼펜으로
밑줄을 열심히 그어가면서
총명한 눈동자를 굴리는가.

고개를 끄덕이고 때로는 젓는가.
진리, 자유, 정의의 이름을 부르는가.

왜, 우리들은
눈을 떠서 보는가.
입을 열어 말하는가.
귀를 세워 듣는가.

오오, 눈의 갈증

오오, 입의 갈증

오오, 귀의 갈증

오오 젊은 가슴의 끝없는 갈증이여.

우리들의 펜은 곧게 움직인다.

우리들의 청춘은 뜨겁게 타오른다.

우리들의 지성은 높게 세운다.

우리들 배움터 청파여

정숙함을, 현명함을, 정대함을!

오늘 하늘이 조금 궂은들 어떠리

궂은 하늘 아니면 천둥소리 못 내고

궂은 구름 아니면 번개도 못 치고

단비도 뿌리지 못하나니

푸른 잎새 적시지 못하나니

청파여,

청파 언론이여,

청파 꽃봉오리여,

긴긴 세월 목마름으로 버틴 지혜로

궂은 하늘, 궂은 구름 열어젖히고

그 너머 영원한 하늘 우러러

더 푸르러 더 푸르러라

청파의 심장이여!

젊음이여!

<숙대신보 · 1982. 10>

당신들은 地下에 누워서 말한다
4·19혁명 20주년에

당신들은 지하에 누워서 말한다.
우리들의 죽음이 이십년이나 됐으면
이젠 눈감을 때도 됐건만
차마 감을 수 없는 눈을 뜨고
원통하다며 뼈가슴을 치며 말한다.

사월은 파도치는 달
자유여, 민주여, 인권이여, 파도쳐라
삼천리 방방곡곡에서 한덩어리로 파도쳐라.
드높은 하늘 가득히 함성으로 파도쳐라.

당신들은 지하에 누워서 말한다.
봄은 왔건만 꽃들은 흐드러지게 피건만
눈뜨고 답답해 지하에서 땅을 치며 말한다.

사월은 사랑하는 달
반민주여, 반통일이여, 반지성이여

사랑하라, 사랑의 흔적 위에
국토는 국법은 국민은 춤을 추어라
구석구석에서 춤을 추어라.

당신들은 지하에 누워서 말한다.
우리들은 책갈피를 일제히 덮고
붉은 진달래꽃 온 산천을 밝히듯
꽃송이 꽃송이로 터져 불 밝혀
떨리는 마음 활짝 열어젖히고
주저앉힌 자리 박차고 일어서서
민주의 길, 자유의 길, 평등의 길
영원 속에 닦고 닦아 놓았건만
왜 이리 답답하고 더디느냐고
이십년이 되는데도 하늘이 왜 이리 흐리냐고
차마 감지 못하는 눈을 뜨고
벌떡벌떡 일어서며 말한다.
사월은 불 밝히는 달

양심이여, 지성이여, 예술이여, 불 밝혀라.
온 천지에 어둠을 몰아내고
폭풍우에도 꺼지지 않는 영원의 불을 밝혀라.

당신들은 지하에 누워서 말한다.
해마다 우리들 앞에 놓이는 弔花는
도대체 어찌 된 일이냐고
행동으로 보여달라.
차마 감지 못하는 눈을
흐린 하늘만큼 크게 뜨고 말한다.

사월은 사랑하는 달
사월은 춤을 추는 달
사월은 불 밝히는 달
사월은 생각하는 달
사월은 나아가는 달
당신들은 지하에 누워서 말한다.

차마 눈감을 수 없어 오늘도 말한다.

생각하라 불 밝혀라 !
반성하라 춤을 추어라.
사랑하라 나아가라 !

<대학주보 · 1980.4>

당신들의 넋은 깨어 있고
우리들의 肉魂은 잠들어 있읍니다
4·19혁명 23주년 獻詩

고이 잠드소서, 고이 잠드소서.

이십여년을 넘게 기원하며 진혼가를 불렀으나

당신들의 넋은 깨어 이 강산에

이 역사 속에 가득가득 떠돌고

우리들의 肉魂은 제힘에 겨워

마른 수수깡으로 고스란히 잠들어 있읍니다.

잠꼬대나 하면서 그때 수송국민학교 강명희 어린이 시를

중얼거립니다.

"오빠 언니들은 책가방을 안고서／왜 총에 맞았나요／도둑

질을 했나요／강도질을 했나요／무슨 나쁜짓을 했기에／점

심도 안 먹고／저녁도 안 먹고／말없이 쓰러졌어요／나는

알아요 우리는 알아요／엄마 아빠 아무 말 안해도／오빠 언

니들이／왜 피를 흘렸는지……"

오뉴월 가뭄 아래 뒤척이다 뒤척이다

쩍쩍 갈라진 논바닥처럼

왜 이리 우리들 가슴은 살벌하나요.

쓰러진 제자들 곁에 무릎 꿇고 울부짖던

조지훈 시인의 시도 중얼거려봅니다.

"현실에 눈감은 학문으로 보따리장수나 한다고／너희들이
우리를 민망히 여겼을 것을 생각하면／정말 우린 얼굴이
뜨거워진다. 등골에 식은땀이 흐른다."

그때 결국 누가 누구를 쏘았나요.

그때 결국 무엇이 죽고, 무엇이 살아남았나요.

신동엽 시인의 시도 중얼거려봅니다.

"애인의 가슴을 뚫었지?／아니면 조국의 旗幅을 쏘았나／
그것도 아니라면 너의 아들의 학교 가는 눈동자 속에 **총알**
을 박아보았나?"

신동문 시인의 시도 중얼거려봅니다.

"총알 총알 총알 앞에／돌 돌／돌 돌 돌／주먹 맨주먹으로／

피비린 정오의 가도에 포복하며／아! 신화같이／육박하는
다비데群들"

　그때 총을 쏜 자들의 변명 또한 기막혀
　잊을 수가 없읍니다. 중얼거려봅니다.
"아 글쎄, 겁이 나서 얼굴 처박고 공포를 쏘아댔는데, 데
모대들이 던진 돌과 그만 공중충돌이 돼 그 유탄에 쓰러졌
읍니다요."

　당신들의 넋은 이제 고이 잠들고
　우리들 肉魂은 이제
　선잠의 잠꼬대에서 깨어나야겠읍니다.

　박두진 시인의 시가
　우리들 귓전에 밀물처럼 철썩입니다.
"우리는 아직／우리들의 깃발을 내릴 수가 없다.／우리들의
피외침을 멈출 수가 없다.／우리들의 피불길／우리들의 전

진을 멈출 수가 없다."

김수영 시인의 목소리도
지하에서 우리들의 몸을 떠밀치며 들려옵니다.
"우리들의 싸움은 하늘과 땅 사이에 가득 차 있다. /민주주
의의 싸움이니까 싸우는 방법도 민주주의식으로 싸워야 한
다."

모든 불의와 불평등과 부자유를 쓰러뜨리고
불사조가 되어 방방곡곡을 날으며
우리들의 잠을 깨우는 넋들이여,

우리들도 깨어나야겠읍니다.
우리들도 함께 깨어나야겠읍니다.

<대학주보 · 1983. 4. 18>

흙의 웃음과 고집불통의 시인

鳴川 李 文 求

　근래에 무슨 일로 국립 공주박물관을 다시 들려오게 되었다. 공주박물관은 1971년 7월에 우연히 발견된 백제 제25대 무령왕(武寧王)의 무덤에서 나온 유물들로 진열장이 채워져 있으므로 백제의 과거를 일부나마 어루더듬을 수 있도록 돕는 곳이었다.

　무령왕릉의 발굴은 학술적인 가치와 역사적인 의미가 전례에 비길 일이 아니라 하여 '한국 발굴사상 최대의 경사'라고 일러온 터였다. 무령왕릉은 3천여 점의 부장품들이 애초에 생긴 그대로 수습됨으로써, 삼국 중에서 가장 적은 자료를 남겨 처음부터 뒷전에 밀려나 있던 백제사 자체를 마침내 다시 쓰지 않으면 아니 되게 하였고, 연대가 명문(銘文)으로 밝혀진 묘지석(墓誌石)은 고대문화 연구의 숙제였던 편년적(編年的)인 문제들을 해결하는 기준이 될 뿐 아니라, 『삼국사기』의 문헌적인 가치를 높여주고 여러가지 새로운 그리고 확실한 자료를 제공했다는 데에 사계의 전문가들로 하여금 흥분을 가누지 못하게 했던 것이다.

　그러나 이런 문외한에게까지 은근한 감동을 준 것은 각종

금은패옥의 장식품들보다도 무덤의 연도(羨道)에 놓여 있었던 진묘수(鎭墓獸)라 불리우는 석물과 묘지석의 의미였다. 능지기의 직분에 착실하여 천추오백춘(千秋五百春)을 헤아리는 동안 부동의 자세로 불침번을 섰던 진묘수는 그 성실한 근무태도 덕분에 후세의 인간들과 가장 먼저 만날 수가 있었다. 이 이름 모를 짐승은 이마에 용의 뿔과 비스름한 철제 뿔을 달고 있어 일명 '일각수(一角獸)'라고도 기록되고 있거니와, 돈공(豚公)과 촌수가 갈린 듯한 뭉툭한 코와, 입이 반만 열린 숫티어린 미소로 하여 더욱 정이 가는 물건이었다. 몸에 조각된 구름 모양의 도안은 접어둔 날개를, 등에 갈기털처럼 두드러진 부분은 남성적인 힘과 용기를 상징한 듯하였다. 하지만 이 짐승은 공격적인 사나운 성질이나 무불통지의 신통력을 써서 외부의 침입을 무찌르겠다는 공갈형의 인상이 아니라, 능침(陵寢)을 넘보는 음계(陰界)의 잡귀들마저도 온화한 미소로써 능히 말릴 수 있다는, 얼핏 보아 어수룩하면서도 여유작작한 대륙풍을 보이는 것이었다. 이는 다른 허다한 장식품들이 한결같이 꽃송이나 나뭇잎을 본떠서 만들어진 사실과 더불어 화해와 평화를 사랑했던 남녁의 기질과, 그리하여 흙의 문화를 낳을 수밖에 없었던 질박하고 유연한 체질을 뜻하는지도 모를 일이었다.

그것은 묘지석도 마찬가지였다. 한 꿰미의 엽전과 함께 놓여 있었던 묘지석은 일반적인 묘지석과 달리 매지권(買地券)이라는 데에 더한 매력이 있었다. 그 내용은 무령왕이 토왕(土王)과 토백(土伯)과 토부모(土父母) 및 지하의 여러 관원들에게 입주(入住)를 기별하고, 1만 문의 돈으로 동남향의 토지를 사들여 무덤을 쓰면서 이 증서를 만드는 바이니, 이로부터 이 묘역은 어떠한 법률에도 구속받지 아니한다는 것이었다. 이는 토지지신과 동등한 위치에서 영토를 거래하고 서로 우호적인 불가침의 조약을 맺었다는 증거를 남긴 것이니, 살아생전에 천 승(千乘)으로 만 경(萬頃)을 경영했던 영화도 드디어 유명을 달리할 때에는 한줌의 흙일 수밖에 없다는 이 치를 따르되, 그 넓은 저승에서도 영원히 자존(自存)하고자 하는 의지를 지금까지 지니고 있었던 것이다.

조자(趙子)의 새로운 시집 막장에 하다 말은 객담 몇 마디를 덧붙이려 하니 우선 떠오르던 것이 위에서 말한 백제의 유물이요, 이윽고 그것들과 혈통이 같은 백제 후예들의 초상이었다. 조자(趙子)의 위인이 진작 묵은 사람이니 그의 시편들 또한 오랜 야생에서 거둬진 뿌리 깊은 토산품이 아닐 수도 없지만, 여러 사람이 의논하여 역작이라 일러온 『국토(國土)』가 간행되기 전후의 작품들도 거의가 흙냄새를 자아내지 않는 물건이 드물었다. 백제의 문화가 흙의 문화라는 것은 일찌기 민간에서 이루어진 공론이었다. 흙의 아름다움은 여러 소리 할 것 없이 만물이 저마다 제자리에 있게 하는 너그러움과, 돌이나 쇠붙이 따위의 충격에도 흔들리지 않고 견디어낼뿐더러 드디어는 그것들마저도 한줌의 흙보탬으로 그치고 말게 하는 무한한 땅심, 그리고 뭇 발길에 밟히고 짓이겨질수록 더욱 찰져가기 마련인 타고난 끈기인 것이다. 그 같은 흙의 문화가 바탕이 되어주지 않았던들 양호(兩湖)를 석권하였던 백제부흥운동의 치열한 저항정신이 어디에 토착하여, 국호가 바뀌기 이미 한두 번이 아닌 터에 오히려 면면이 이어져 후 대에까지 유전될 기미가 보이겠는가. 조자(趙子)를 본 사람은 그의 시업(詩業)이나 체취보다도 일견 물렁해 보이는 황소 웃음에서 먼저 무엇인가를 느끼게 되지 않을까 싶다. 그만큼 그의 웃음은 그를 스쳐간 세월조차도 교정을 포기해버려 세련미가 결여된 천성의 것이지만, 마치 1천5백년 간이나 유계(幽界)의 잡귀와 명계(明界)의 검은 손들을 조용히

물리쳐온 일각수의 미소처럼, 십여 년에 걸쳐 그를 성가시게
했던 여러 사건들을 비교적 무난히 진압해온 이력이 난 웃음
인 것이다.

그 이력 속에는 결식(缺食)을 별식 먹듯하며 경황없이 허
덕였던 시절의 후유증으로 지금도 점심값을 셈할 때 동전 한
잎이라도 챙겨 절약을 정당화시키는 핑계가 섞여 있는가 하면,
국내의 정세가 성질에 맞지 않는다 하여 토요일 오후의 잔업
을 소주로 대신하고, 그 자리의 입가심 맥주가 늦어져 일요
일 자정까지 특근의 내용이 되었던 청진동 시절의 본병이 도
지어, 한 달치 예산을 한 자리의 물값으로 결산하고도 언필
칭 경제불황을 논설하던 무작정파의 속성이 근절되지 않은
빌미도 엮이어 있는 것이다.

돌이켜보면 자기 살 생각은 어디로 갔든 무턱대고 남의 걱
정이 먼저였던 이십대에 상종을 시작하여 어느덧 남의 고질보
다 자기 고뿔이 더 급하게 될 불혹이 넘도록 서로 이맛살 한
번을 찌푸려본 적이 없었다. 그 동안 숨돌릴 겨를도 없이 스
스로 차례를 정하고 덤벼들던 하고 많은 곡절들이 거의가 비
슷한 성질의 것들이었기 때문이었을까. 아마 그것이 아닐 것
이다. 그의 무던하고 쓸 만한 그릇이 나의 행티를 눌러 참고
그냥 받자해준 덕분일 것이었다. 하기는 당초에 틀어질 거리
가 없기도 했다. 피차가 건달 출신이매 흉허물이 없었고, 바
깥의 대소사로부터 문단의 내분에 이르기까지 발이 맞지
않은 적이 없었으니 일부러 소 닭 보듯하려 해도 그럴 기회
가 돌아오지 않았을 거였다. 십지어는 장기, 바둑, 화투, 트
럼프 따위 잡기마저 나란히 동문수학을 했으나 번번이 더도
아닌 꼭 한수씩 그가 앞서가고 있었으니 매양 갑을(甲乙)의
관계가 지속될 수밖에 없었다. 더우기 오래 전에 일가를 이
룬 안하무인의 고집불통과 무작정의 뚝심에는 그의 맞수가

드문 터인즉, 일찌감치 숙어주는 것이 속 편한 일이었다.

조자(趙子)를 처음 본 것은 벌써 15년 전인 1968년 섣달 어름이었다. 그는 그때까지 오라는 데가 없었으므로 오다가다 걸리는 푼돈을 기화(奇貨)로 여기며 개떡으로 끼니 에우듯 근근히 지탱해가는 눈치였다. 땟물 안 벗은 의표는 제대군인의 뒷모습과 구별할 만한 물증이 나타나지 않았고, 세상 사람들이 다 자기 마음 같은 줄 알던 외고집은 그럭저럭 환갑이 지나도록 요지부동일 듯하였다. 그의 능력을 인정해주어 자주 어울리던 문단의 선배라고는 처지가 한 치 건너 두 치 상관이었던 구자운, 김관식, 박봉우, 천상병, 신경림, 심재언씨 정도였고, 그 자신이 남의 식객이 되어도 먹거나 말거나 할 형편에, 그가 아니면 때를 건너기 십상인 그만 못한 졸군들이 무시로 찾아다니며 복잡하게 하고 있었다. 그는 그런 와중에서도 늘 웃었다. 소위 황소 웃음을 자처하기 시작한 것도 그 무렵의 일이었다. 그는 그렇게 만날 직업도 산업도 없이 송구영신을 거듭하였다. 그러나 놀면서도 쉬지 않았고 쉬면서도 놀지는 않았다. 생기는 것 없이 부지런하였고 알아줌이 없어도 한갓진 날이 없었다. 그의 두번째 시집 『식칼론』에 편집된 「요강」「된장」「보리밥」 등의 초기시들이 그 즈음에 씌어지기도 했지만, 그가 몸 주고 마음 바쳐 하나에서 열까지 혼자 좌우했던 시전문 월간지 『시인(詩人)』의 창간 내지 경영은, 이십청춘의 열정을 순정의 등불처럼 불태운 선업(善業)이었다. 월간지 『시인』이, 아니 『시인』의 주간이었던 조자(趙子)가 한국문학에 이바지한 바는, 70년대의 연표를 번거로이 늘어놓을 필요도 없이 방명사해(芳名四海)의 장본인인 김지하, 양성우 및 김준태의 지면(誌面)이 『시인』에서 비롯되었다는 사실 하나만으로도 문학사적인 의미부여가 마땅할 것이었다.

조자(趙子)의 행적은「원달리(元達里)의 아버지」와「친구들」의 행간에서 초장의 연보를 읽을 수가 있다.

모든 소리들 죽은 듯 잠든
전남 곡성군 죽곡면 원달1리

九山의 하나인 桐裡山 속
泰安寺의 중으로
서른다섯 나이에 열일곱 나이 처녀를 얻어

깊은 산골의 바람이나 구름
멧돼지나 노루 사슴 곰 따위
혹은 호랑이 이리 날짐승들과 함께
오손도손 놀며 살아라고
칠남매를 낳으시고

——「元達里의 아버지」부분

그의 태실이었던 동리산의 태안사는 서기 742년(景德王 1년) 신라의 혜철선사(惠徹禪師)가 창건하여 거금 1천2백여 년이 흘러온 고찰로서, 그 후 구산선문의 동리산파 개조인 혜철국사(惠哲國師)가 주석(駐錫)을 하고부터 산세(山勢)를 떨친 남녘의 소림(少林)이었다.

산문(山門)에서 보낸 유년시절은 온갖 축생들과 한가지로 원시적인 경험을 누렸으나, 여순사건의 반란군 등쌀에 "어둠 속에서 두근거리는 가슴 조이며/한밤내 대창 부딪는 소리 들으며/친구들 생각에 밤잠 설치고"(「친구들」)하던 풍운의 조짐에 조숙할 기틀이 잡히기도 하였다. 그 후 그는 "땅뙈기 세 간살이 고스란히 놓아둔 채/처자식 주렁주렁 달고/새벽에 고향을 버리시던 아버지"(「元達里의 아버지」)를 따라 광주시의 광천동으로 무대를 옮겨 동네에서 쓸 만한 아이로 성장하였고, 차츰 굵어가면서 남이 지은 가사에 두서너 줄의 차운(次韻)을 해버릇한 것이 취미가 되어 "에미도 모르는 소리 끄적여서/어디다 쓰느냐 돈 나온다더냐/시 쓰는 것 겨우 겨우 꾸짖으시고"(「어머니」)하던 노모의 만류를 뿌리치고 기어이 뜻을 얻어, 만원사례를 떠든 지 오래인 시단에서도 주소가 분명한 일원이 되었다.

월간 『시인』은 그가 바야흐로 '시에 붙들린 사람'이 되어갈 무렵의 소산이었다. 『시인』은 한국문학 발전에 한몫을 거들려는 갸륵한 독지가가 나타나 뒷바라지를 해준 것이 아니라, 자비출판하는 시집 혹은 교지 등의 일감을 물어다 달라는 조건으로 모 인쇄소에서 인쇄를 맡아준 것뿐이었다. 그러므로 그에게는 무료원고의 수집과 편집, 교정, 제작 등의 노고만이 줄지어 있었을 뿐이요, 경제를 도울 만한 명색은 끝내 종무소식이었다. 나는 어서 손을 떼라고 보는 족족 말렸다. 구두 한 켤레로 이태를 견디어내는 주제에 그 무슨 되다 말은 수작인가 싶어서였다. 하지만 그는 그 소문난 고집불통에 '문단의 혁신'이란 명제를 추가하여 헌신적인 봉사를 하였다. 그러나 무작정 저돌형의 우직성만이 그의 전모는 아니었다. 그는 넉넉한 그릇이었다. 설익은 풋것은 담아줄망정 오종종하거나 좀상스러운 완성을 한눈에 능멸하였고, 드러난 흠집은 애써 감싸주되 감추어진 변덕은 함께 하늘을 이지 못할 적의를 대하듯이 모질게 미워하였으니, 그의 그릇은 한 메에서의 풍마우세에는 능히 무표정으로 견디어내면서도 송곳 끄트머리만한 인간의 장난에는 당장 열 조각의 사금파리로 깨어질 것도 무릅쓰던 둔중한 질항아리였다. 이 질항아리에게는 황토와 양회 간의 본질적인 불화 탓인지 서너 가지의 헛점이 있었다. 첫째는 언제 들여다보아도 바닥이 드러나 듯이 처세에 별로 비밀이 없다는 점이요, 둘째는 온갖 잡기에 두루 등록을 했음에도 오락으로 성공한 예가 없듯이 소시적에 놀았다고 흰소리 해봤자 기껏 화류춘몽의 경력밖에 없다는 것이다. 질항아리에 백자도요에서 나온 월색(月色)이 격에 걸맞을 리도 없지만 화병은 고사하고 저 닮은 투가리 하나도 뒷전에 여투어두지 못한 것은 그의 결벽증이었다. 그리고 그 결벽증이 남들의 미칠 바가 아닌 까닭에 그의 시업에는 아류가 없는 것이었다.

각설하고, 염무웅씨는 그를 품평하여 "덩치에 비해 적게 먹고 손이 규수의 손결처럼 부드러우며……" 운운한 적이 있거니와, 평소 가까이 지낸 사이의 한마디 언급에서도 절반밖에 맞지 않음을 보면 누가 누구를 품제(品題)한다는 일이 얼마나 무모한 셈인가를 새삼 깨닫게 된다 그의 소식(素食)은 염씨가 바로 본 것이 틀림없으나 손에 관해서는 살갗만 알았을 뿐이요, 정작 솜씨에 대해서는 아직도 멀었다는 것이다. 조자(趙子)는 『시인』지가 뻔히 아는 사정에 따라 하릴없이 문이 닫히자 그날부터 『월간문학』지의 편집실에서 죽치는 과객이 되었다. 때가 되어도 가루것 한 그릇 변변히 대접하는 이가 없건만 출근이 간부보다 이르고 퇴근은 말단보다 늦는 열성적인 문협회원이 된 거였다. 오면 오나보다 하고 안 보이면 갔나보다 할 정도로 손님 접대에 부실했던 것은 그 시절의 문협 사무실이 문단 실직자들의 복덕방이 되어 일 없는 문인들이 무시로 출몰했기 때문이었다.

그 후 명함을 박아다녀 봤자 아무 짝에도 쓸모없는 허름한 직장에 취직하게 되니 그의 문협 출근도 야간으로 바뀌게 되었다. 해만 설핏하면 바둑판과 장기판이 남북으로 차려지고 화투패와 트럼프패가 동서에서 자리를 잡게 하던 것이 그 시절의 문협이 벌인 회원복지사업이었던 것이다. 그는 판판이 발군의 솜씨를 발휘하기 시작하였고, 장기에서 바둑, 화투, 트럼프로 이어지는 외도를 파죽지세로 돌파하여 며칠 후에는 그가 빠지면 판이 안되는 요로에 승진하게 되었다. 그렇지만 들여다보면 바로 바닥과 마주치는 질항아리의 속성대로 쉬쉬하게 무슨 엄청난 비결이 있던 것은 아니었다. 다만 돈 놓고 돈 먹기에는 그저 물량공세만한 것이 없다는 자본주의의 변칙에 이의가 없었을 뿐이었다. 체력은 저력인지라 마수걸이가 웬만하면 날이 새도록 꼿꼿이 올랐고, 그럴 때에는 일쑤 지갑째 꺼내어 쌓인 판돈 위에 내던져 거는 일방 손바닥으로 자기 이마부터 한대 딱! 치고 나서 사정없이 자웅을 겨루는 것이었다. 가위 70년대의 쪼때기판을 휩쓸던 큰손이었다.

바깥이 점점 어지러워지자 그도 취미와 오락을 더 이상 붙들고 있을 수가 없었다. 자유실천문인협의회의 발족은 뒷날 한국문학사에 있어서 획기적인 전환점으로 정리될 것이지만, 그는 그날로부터 간사의 직책을 맡아 종횡으로 분주하기 시작하였고, 그것이 알려진 바가 되어 여러 포도청과 문턱 높은 아문마다 두루 돌며 불복을 주책으로 하여 그 동안의 납세액에 상당한 관식을 축내더니, 나중에는 의금부의 당상과 마주 앉아 갑설을론을 교환하는 사태에 진입하기도 하였다. 이 청진동 시절의 본말은 때가 되면 반드시 누군가가 체계적으로 엮을 터이매 짐짓 비켜 함부로 집적이는 것을 삼가하거니와, 대의와 평행할 수가 없어 어느 결에 희생되어 버리고 말은 사사로운 일들과, 인생의 가운데 토막인 삼십대의 성수기 (盛需期)가 장마에 유실된 징검다리처럼 기억조차 뚜렷치 않은 것은, 그와 그 동료들의 연대보증적인 부채가 아닐 수 없는 것이다.

눈보라치는 날이든
장마가 끊이지 않는 날이든
작은 몸들을 서로 부둥켜안고
지는 해 뜨는 달
가슴으로 받아 반짝이며

무슨 소문은 없나
꿈이라도 좋겠네

——「깨알들」부분

　고르지 않은 기압골에 누구인들 우울하고 답답하지 않겠는
가. 더우기 그와 함께 사랑하던 친구 김지하는 풍편의 추측
만을 자아낼 뿐이어서 시름의 무게를 나날이 더하게 하였다.
"달은 떠서/우리들 마음도 떠서//아직껏 돌아오지 못하는 사
연을/비추누나//보고 싶은 얼굴들 일어나서/달빛 타고 오르
누나"(「原州의 달」). 무릇 밝을수록 시인의 서글픈 심회를 우려
내는 것이 달빛임은 당송(唐宋) 이래의 압운(押韻)이었지만,
어두운 시대의 달은 대낮의 중천보다도 밝을 때가 이루 느끼
지 못할 만큼 잦았다. "마셔도 취해도 목은 말라/뜨거움에
씻긴 맑은 마음이로다. //치악산에 걸린 달아/원주에 가득 찬
달아/서대문에 뜨는 달아"(「原州의 달」). 그는 달이 밝으면
모름지기 술을 불렀다. 취생몽사는 그의 뜻이 아니로되, 경
계가 분명치 않은 우리 속의 이 야생은 어쩔 수 없이 하룻밤
의 수면제로서, 응어리를 잊어보려는 진통제로서, 아니면 "도
대체 시가 무엇이길래/나라 앞에서 초개처럼/하나뿐인 목
숨까지 열어놓고 바치는가"(「詩를 생각하며」)를 해부하고픈 마
취제로서, 오장육부가 젓갈이 다 되도록 운수를 숫제 술에
맡기다시피 하였다. 그렇지만 술은 언제나 즐거웠다. 본래부

터 주객의 소질을 타고난 덕분이었다. 그가 마시는 자리에는 노상 내가 있었고 내가 마시는 자리에는 으례 그가 있었다. 1년 3백65일을 거르지 않고 마신 것이 내가 경기도에 내려가 산 5년을 제하고도 자못 7년에 이르니, 그 사이 권커니 자커니 한 것은 도대체 몇만 잔인가. 서울 한복판에서 단둘이 2박 3일씩 주야장취를 한 것만도 여남은 번이 넘는데, 이 방면의 대선배인 변수주(卞樹州)의 표현을 빌면 언제나 "장쾌(壯快)하게 먹고 창쾌(暢快)하게 마신" 것뿐이요 뒷탈 한 번이 없었다.

남들의 평생 마실 것을 초장에 다 해치운 터라 그도 이제는 근신을 하며, 동리산 기슭의 고향을 찾아 어린 시절의 맨발자국을 되짚어보기도 한다. 그리하여 "가다 가다 더위에 지치고/몰아치는 어린 시절이 숨가빠서/옷 벗어 바위에 던지고/동리천에 뛰어들어/금새 얼어붙는 성년을 덜덜 떨며/머리 위로 구름 스치는 소리/물고기 맨살 간지르는 소리"(「同行」)를 비로소 알게 되었다.

표제의 '가거도'는 그가 주석한 바와 같이 태풍과 파도가 야합하여 낳은 최서남단의 절도로서, 아이들은 물결소리에 자라고 성인들은 풍랑에 나부껴 늙어가는 곳이었다. 송기숙씨가 인솔한 일행은 홍도와 흑산도를 거쳐 가거도에 닿았고, 열대의 원색보다 짙은 원추리꽃이 하늘색의 하늘과 물색의 물 사이에서 눈부시게 반짝이는 가운데 원주민의 추강격인 고의숙씨의 융숭한 대접을 받았다. 고씨의 자상한 보살핌은 가던 날부터 세실호 태풍에 묶여 십여 일을 갇혀 지내는 동안 나날이 쌓여갔다.

　　낯선 사람 찾아오면 죄 많은 사람 찾아오면
　　태풍 세실을 불러다가

집도 주고 달래보고 묶어보고 풀어주는
바람 바람 바람섬,
파도 파도 파도섬.

——「可居島」부분

　바람은 섬을 날라다가 육지의 한구석에 부려놓을 듯이 주
야로 휩쓸었다. 물결의 파장은 수십 미터에 달하고 높이도 5
층짜리 빌딩을 넘나들 만큼 처음 보는 것들이었다. 전에 어
떤 주민이 앓는 아비를 목포의 병원에 입원시킨 뒤 치료비를
마련하러 들어왔다가 바람에 발이 묶이게 되었는데, 50일 만
에 배가 떠서 가보니 병원에서 장사지내준 아비의 무덤에 풀
이 이미 우북했더라는 막연한 섬. 그래도 가히 살 만하다 하
여 가거도란 이름을 얻었다는 적소 같은 섬. 그러나 가거도
출장소 앞에 서 있는 4.19혁명의 순의비는 모든 외래인들을
감동시키고도 남음이 있었다.

　　자식 길러 가르치고
　　배운 자식 물으로 보내
　　나라 걱정, 나라 위해
　　목숨도 걸 줄 아는
　　멋있는 사람들이 사는
　　살 만한 땅.

——「可居島」부분

　시에 무식한 나는 이「가거드」와 그의 문단 데뷔작인 「아침
선박」의 거리가 몇몇 해리나 되는지 알지 못한다. 다만 그가
동리산 기슭을 둘러본 뒤로 고향의 의미를 다시금 음미하게
되었고, 그로부터 계속된 주말의 등산이나 이때의 가거도행

으로써 청산과 벽해를 이은 자연과의 친화감이 80년대에 접어든 그의 행적에서 가장 두드러진 현상이란 짐작만이 있을 뿐이다. 그는 과연 어떤 변모를 보일 것인가.

나는 가거도에서 그와 한 방에 갇혀 지내는 동안 서로 한 일년 발걸음을 끊더라도 그리울 리가 만무하도록 넌더리가 나서 피차 외면을 하다시피 하였는데, 어느 날 갑갑증에 못 견디어하던 황석영씨가 느닷없이 허리를 잡으며 요절복통을 하는 것이었다. 이야기인즉 조자(趙子)가 가거도에 와서까지 명언을 남기게 되었으니, 황씨가 들끓는 파리떼를 쫓으며 "웬 파리가 이렇게 많지?" 하고 투덜거리자 조자(趙子)가 곁에서 되받아 "내버려 둬. 묻인 섬인데 파린들 갈 데가 있겠어?" 하고 일축했다는 것이었다. 고집불통의 질항아리에게서나 들을 수 있는 투박하고도 느긋한 반응이었다. 그러면서도 그의 변모는 수시로 눈에 띄었다. 황씨 말마따나 "지리산 곰이 도토리 줍는 모양새"로 해변가를 다 뒤져 강낭콩만한 조약돌을 예쁜 것으로 골라 두어 뒷박이나 배낭에 담는 모습이 그러하였고, 고씨가 준 맥문동 한 뿌리를 무슨 진귀한 야생란이나 되는 양 고이 간수해가지고 상륙한 것이 그러하였다. 귀로에 흑산도에 들렀을 때 생선궤짝에 무더기로 담아놓고 파는 석란 두 묶음을 사서 나에게 나누어준 것도, 그가 30년 만에 동리산 기슭의 고향을 다녀오고부터 나타나는 증상이었다.

어느 인생인들 글로 묘사하면 한 권의 소설이 아니 될 것인가. 하물며 조자(趙子)는 한 벌의 덧옷을 나와 나누어 걸치고 15년의 풍우를 함께 견디어온 막역지간이다. 그러나 아름다운 이야기는 좀더 두고 본 뒤에 모아서 쓸 일이요, 이 글은 붓이 무디다는 이유로 사양을 고집하기에는 이미 때가 늦은지라 수만 잔의 술을 나누고도 미처 못다한 객담으로 지면의 여분을 줄이고자 한 것 뿐이다.

後 記

네번째 시집인 『가거도』를 펴낸다.

문단이란 데에 턱을 걸친 지 20년이요, 세번째 시집 『國土』를 내놓은 지 실로 8년 만에 선보이는 시집이다. 그 동안 나는 사는 일에 너무 지나치게 부지런한 나머지 시를 쓴다는 일, 시집을 낸다는 일도 잊은 채 살아온 것 같다. 곰곰이 생각해 보아도 바보였다. 시인이 살아가는 길은 시 쓰는 일일 터인데 그걸 모르고 무엇에 부지런했다는 말인가. 참 바보였다.

이 시집은 4부로 엮었다. 제 1 부에서 3부까지는 『國土』 이후에 여기저기 발표했던 것을 순서대로 편집상 편의대로 묶어보았으며, 4부는 미발표 9편에다가 기왕에 발표했던 시 중에서 기념시 4편을 따로 떼어 묶었다. 그런데 기왕에 발표했던 시들은 이번에 정리하면서 군데군데 가필을 했거나 경우에 따라서는 한 부분을 송두리째 들어내는 작업도 했다. 그러므로 혹 내 시에 의견을 말하려는 분들은 이 시집에 실린 것을 원전으로 삼아줄 것을 부탁드린다.

이 시집을 내려고 마음먹었을 때는, 후기에다가 궁금해하는 이웃들을 위해 이 말 저 말 하고 싶은 말을 모조리 쏟아놓으려 했었으나, 막상 후기를 쓰는 지금에 와서는 그 생각이 싹 없어졌다. 역시 시인이 하고 싶은 말은 시를 통해서 쏟아놓아야겠다는 집념 때문이리라.

출판계의 불황, 아니 정신계의 불황인데도 변변치도 않은 내 시를 잊지 않고, 나를 잊지 않고 이처럼 시집을 내주는 창작과비평사의 여러분께 감사하며, 이 펜이나마 녹슬지 않도록 계속 채찍질해 주는 이웃들에게 이 시집을 바친다.

　　　　　　　1983년 5월　　　　　趙　　泰　　一

창비시선 37

가거도

초판 1쇄 발행 / 1983년 5월 10일
초판 5쇄 발행 / 2012년 2월 6일

지은이 / 조태일
펴낸이 / 강일우
펴낸곳 / (주)창비
등록 / 1986년 8월 5일 제85호
주소 / 413-120 경기도 파주시 회동길 184
전화 / 031-955-3333
팩시밀리 / 영업 031-955-3399 · 편집 031-955-3400
홈페이지 / www.changbi.com
전자우편 / literat@changbi.com